KB140715

사랑의 묘약

수학시집

개정판

개정판

수학시집

사랑의 모양

초판 1쇄 인쇄 | 2018년 11월 11일

개정판 1쇄 인쇄 | 2019년 07월 24일

지은이 | 김남규

그린이 | 호영민, 성정란

펴낸이 | 이승훈

펴낸곳 | 해드림출판사

주 소 | 서울 영등포구 경인로82길 3-4(문래동1가 39)

센터플러스빌딩 1004호(우편07371)

전 화 | 02-2612-5552

팩 스 | 02-2688-5568

E-mail | jlee5059@hanmail.net

등록번호 제2013-000076

등록일자 2008년 9월 29일

ISBN 979-11-5634-353-0

개정판

수학시집

사랑의 묘약

김남규 수학시

호영민 · 성정란 그림

해드림출판사

펴내는 글

수학의 아이디어를 사랑에 담다

모든 사람은 수학을 즐길 권리가 있습니다.

이제까지 수학을 좋아했던 사람들은 간결한 정리, 논리적 증명, 합리적 문제해결에 매료되었던 사람들일 것입니다.

이제 수학의 본질을 아름답게 보고 싶습니다.

사랑과 함께 말입니다.

그래서 수학을 맛있게, 사랑을 멋지게 쓰고 싶었습니다.

우리 마음에 여백을 주는 시로 그 바람을 표현할 수 있다고 생각했습니다.

수학이 시를 만나 사랑을 만들어내는 세상으로 여러분을 초대합니다.

『수학시집, 사랑의 묘약』은 중학교 1학년 수학으로 사랑과 인생을 그려내고 있습니다.

수학의 개념을 꿰뚫는 수학시와 '詩셈하기'를 통해 풀어내는 수학이 아닌 느끼는 수학으로 수학의 개념을 색다른 시각으로 제시하고 있습니다.

이 수학시집을 시작으로 「수학교육 감성시대」라는 새로운 패러다임을 열고자 합니다.

학생들은 물론 성인들도 수학을 즐길 수 있도록, 색다르고 창의적인 아이디어도 얻을 수 있도록 말입니다.

수포자도 수잘자도 모두 수즐자가 되는 그 날을 고대하며, 그렇게 한 번도 간 적 없던 그 길을 가고자 합니다.

2018년 11월

詩샘 김남규

차 례

Ⅲ. 너와 나를 잇는 함수

차 례

Ⅳ. 그대에게 가는 길

V. 괜찮아 도형이야

VI. 그대 가득한 통계

-2
-3
-1
-4
-6
-8

1. 수와 연산

곱셈을 사랑한 정수

사랑의 씨앗

사랑이 그리워
마음 깊이 숨겨둔
사랑의 씨앗을 꺼내 봅니다

사랑의 씨앗이
2이면 2의 배수로
3이면 3의 배수로
그 사랑 배어날 테니

두 사람 인연으로 닿으면
6의 배수로 사랑이 싹트겠지요

하늘이 맺어준 천생연분
사랑의 씨앗이 같은 사람입니다

우리 인연
천생연분이지만
늘 사랑이 그리운 건
우리 사랑의 씨앗
$2^{77,232,917}-1$

수셈하기 소수와 최소공배수

사랑의 표현은 사람마다 천차만별이다. 소수에 자연수를 곱하여 합성수를 만들어내듯, 사랑의 씨앗도 사랑의 표현들을 만들어낸다. 2의 배수와 3의 배수가 각각 만들어내는 사랑의 표현 중 겹쳐지는 공배수에서 사랑은 싹트게 된다.
$2^{77,232,917}-1$은 이제까지 발견된 소수 중 가장 큰 소수로 그 자리수가 무려 23,249,425자리이다. 사랑의 표현이 너무 드문 천생연분이다.
이러한 생각은 소수의 북한 이름, 씨수에서 비롯되었다. 씨수는 씨앗수로서 더 이상 쪼갤 수는 없지만, 자연수를 곱하여 새로운 수를 만들 수 있다. 씨앗도 그 속에 나무, 줄기, 잎, 열매의 가능성을 모두 가지고 있지 않은가?

사랑 계산법

사랑을 하다 보면
사랑 계산법이
덧셈이 아닌
곱셈임을 알게 되지

서로의 마음 닿아
설렘은 기본이고
행복은 덤이라
곱셈이 주는 보너스야

그러다 마음 같아지면
거듭제곱 되어
간단한 표현으로
아름다운 사랑이지

혹시
짝사랑을 하고 있니?
마음 전해봐
그에 있을 작은 마음도
너로 인해
깊어질 수 있으니

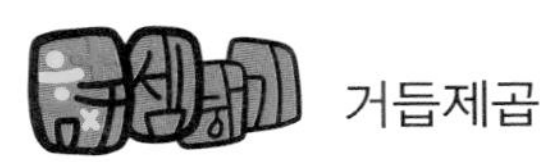

거듭제곱

사랑을 계산할 수 있을까? 이 시는 사랑의 값을 쓰고 있지는 않다. 다만 서로의 마음이 각각 5와 7이라면 우리의 사랑은 5+7=12가 아닌 5×7=35가 아닐까라는 생각이다. 그렇기에 상대의 마음이 작을지라도 나의 큰마음으로 우리 사랑은 더욱 깊어질 수 있다. 그러나 아무리 내 마음 크다 한들 나에 대한 마음이 전혀 없다면 우리 사랑은 0이다. 곱셈의 오묘함에 다시 한 번 수학이 좋아진다.

관심

셰프는
요리를 대하면
재료가 보이고
레시피를 생각합니다

경찰은
사건을 대하면
증거가 보이고
해결방안을 생각합니다

수학자는
정수를 대하면
소수가 보이고
소인수분해를 생각합니다

나는
그녀를 대하면
사랑이 보이고
행복을 생각합니다

아는 만큼 보이고
관심만큼 생각합니다

소인수분해

친구의 인기 비결을 알고 싶어 친구를 관찰한 적이 있다. 어떻게 말하고, 어떨 때 웃는지, 습관은 무엇인지. 그 친구의 기호, 행동, 습관, 환경 등은 그의 인기 비결을 이해하는 데 도움이 되었다.
12를 이해하고 싶다면 소인수분해 해보자. $12(=2^2 \times 3)$는 약수가 6개이고, 배수는 3과 4의 공배수들이다.
앞으로 복잡한 그 무엇인가를 잘 이해하고 싶다면 성분으로 소인수분해 해보자. 그러면 답을 얻을 가능성이 높다.

사랑의 온도

몇 번의 만남이
평생의 사랑으로 이어진다

사랑의 온도가
12°와 18°인 두 사람은
4번의 같은 온도로 만나
36°의 배수로
따뜻한 사랑을 시작한다

때론
단 한 번의 만남이
평생의 사랑이 되기도 한다

사랑의 온도가
3°와 7°인 두 사람은
한 번의 같은 온도로 만나
21°의 배수로
설레는 사랑을 시작한다

누구에게나
한 번은 기회가 있다
사랑의 온도를 맞추면
마법같이

사랑이 시작된다

오늘
우리 사랑의 온도는?

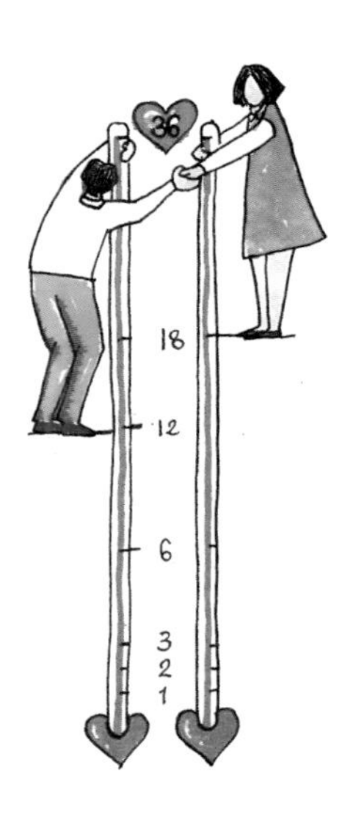

최대공약수와 최소공배수

공약수는 만남으로, 공배수는 사랑으로 표현하였다. 두 수에 가장 가까운 공약수는 최대공약수, 공배수는 최소공배수가 된다.
그러고 보면 지금의 나는 가까운 과거로부터 시작돼 가까운 미래로 이어지니, 오랜 과거에 집착하지도, 먼 미래에 주눅 들지도 말고 당당히 살라는 메시지 같다. 또한 모든 수의 공약수 1의 존재는 신의 한 수이다. 모든 사람에게 사랑의 가능성이 있음을 수학이 말하고 있는 것은 아닐까?

사랑의 최댓값 1

사랑 마음 5에
사랑 마음 3을 더하면
사랑하는 마음 8

사랑 마음 5에
미운 마음 3을 더하면
사랑하는 마음 2

미운 마음 5에
사랑 마음 3을 더하면
미워하는 마음 2

미운 마음 5에
미운 마음 3을 더하면
미워하는 마음 8

사랑의 최댓값은
사랑 마음에
사랑 마음을 더하는 것이다

정수의 덧셈과 뺄셈

서로 반대 개념인 플러스(+)와 마이너스(-)에 사랑과 미움을 연결하였다. 사랑과 미움을 수량으로 나타낼 수는 없겠지만 사랑 마음 하나와 미운 마음 하나가 만나면 0이 되는 상황을 연출한 것이다. 당연한 말 같지만, 사랑의 최댓값은 사랑에 사랑을 더한 값, 그 값이 최고의 사랑값이 아닐까?

사랑의 최댓값 2

사랑 마음 5에
사랑 마음 3을 빼면
사랑하는 마음 2

사랑 마음 5에
미운 마음 3을 빼면
사랑하는 마음 8

미운 마음 5에
사랑 마음 3을 빼면
미워하는 마음 8

미운 마음 5에
미운 마음 3을 빼면
미워하는 마음 2

사랑의 최댓값은
사랑 마음에서
미운 마음을 빼는 것이다

정수의 덧셈과 뺄셈

앞선 시가 덧셈에서의 사랑의 최댓값이라면 이 시는 뺄셈에서의 사랑의 최댓값이다. 두 시를 보면 왠지 정수의 덧셈과 뺄셈이 더욱 쉽게 이해될 것 같다. 앞으로 사랑은 더하고 미움은 빼 보자. 그러면 마술 같은 일들이 일어날 것이다.

이별의 자세

사랑은 떠났으나
그 사랑
그대로 남았다
끝 모를 슬픔과 함께

어찌할꼬
백만 송이 남은 사랑
비워내야
살아질 텐데

더도 말고
백만 사랑 빼어 보자
덜도 말고
백만 미움 더해 보자

그 사랑 0이 되면
살아지려나
빈자리 다른 사랑
스며들려나

정수의 덧셈과 뺄셈

법정 스님은 무소유에서 말씀하셨다. 아무것도 갖지 않을 때 비로소 온 세상을 갖게 된다고. 역설적이지만 진리처럼 느껴졌다.
아무것도 없는 것에 대한 표현, 0. 사람들은 중요하다고 생각하지 않았을 것이고, 그래서 0의 발견이 늦어졌으리라.
많은 것을 채우다 보면 이를 지키느라 다른 것을 보지 못할 때가 있다. 어떤 문제가 해결되지 않을 때, 과감하게 버려보라. 그 자리에 새로운 무엇이 채워질 수 있으니.

사랑의 교환법칙

덧셈에서는
교환법칙이 성립하지만
뺄셈에서는
교환법칙이 성립하지 않는다

내 사랑에 그대 사랑 더하나
그대 사랑에 내 사랑 더하나
결과는 다르지 않다

하지만
내 사랑서 그대 사랑 빼면
일부는 남겠지만
그대 사랑서 내 사랑 빼면
흔적조차 남지 않겠지

사랑하고 싶다
교환법칙이 성립하는
덧셈으로
교환법칙이 성립하지 않는
뺄셈은 접어둔 채로

 덧셈의 교환법칙

사랑의 크기를 수로 표현해 보니, 그대 사랑보다 내 사랑이 더 크다. 어찌 사랑을 수로 표현할 수 있겠냐마는 내게 있어 사랑이 전부인 것을. 덧셈의 교환법칙이 이렇게 사랑을 잘 표현할 줄은 꿈에도 몰랐다.

세상의 진리

사랑을 열망하면
사랑을 얻고
사랑을 배신하면
미움이 남는다

미움을 갈망하면
미움을 얻고
미움을 외면하면
사랑이 남는다

사랑을 얻는
이 간단한 진리를
아는지 모르는지
오늘밤도 속절없이
별빛만 흐른다

정수의 곱셈

플러스(+)를 진행으로 열망을, 마이너스(−)를 역행으로 배신을 연결하니 맥락이 생겼다. 우리에겐 늘 어렵게 느껴지던 세상의 진리가 이렇게 간단해 보이는 건 수학 때문이 아니었을까? 복잡한 세상을 살다 보면 단순한 결정도 못 할 때가 있다. 그럴 때 한 번 수학을 이용해 보자. 의외로 쉽게 풀릴 수 있다.

사랑의 묘약

사랑과 미움은
방향이 다를 뿐
같은 크기를 갖고 있다

사랑하는 마음에서
플러스를 떼어내도
여전히 사랑스럽지만
미워하는 마음에서
마이너스를 떼어내면
사랑하는 마음이 생긴다

사랑을 미움으로 바꿀
미움의 묘약은 필요 없다
하지만
미움을 사랑으로 바꿀
사랑의 묘약은 있다

관심, 이해, 배려
또는
절댓값

절댓값

애써 미워하는 마음을 가지려는 사람은 없을 것이나, 애써 사랑하는 마음을 가지려는 사람은 많이 있다. 사람을 사랑하게 되면 기분이 좋아지고, 사는 것이 즐겁다. 그리고 자신도 사랑받게 된다. 사랑도 미움도 모두 사랑으로 바꿀 수 있는 묘약. 관심을 갖고, 이해를 하여, 배려하면 될까? 수학에서는 확실한 묘약이 있다. 바로 절댓값. 절댓값을 취하면 언제나 양수가 되고 만다. 하지만 텅 빈 마음, 무관심에 절댓값을 취해 봐도 언제나 텅 빈 그대로다. 그래서 무관심이 가장 위험하다. 이제 우리도 미움의 방향을 사랑으로 돌려보자. 행복한 일들이 마구마구 생길 것이다.

행복직선

큰 미움보단 작은 미움이
더 행복하다

작은 미움보단 미워하지 않음이
더 행복하다

사랑하지 않음보단 작은 사랑이
더 행복하다

작은 사랑보단 큰 사랑이
더 행복하다

충분히 행복해?
거짓말
사랑도 미움도 끝이 없어

더 사랑해봐
그럼 더욱 행복해질 거야

두 수의 크기 비교

수직선에 많은 수들이 매달려 있듯이 행복직선에도 많은 행복지수가 매달려 있다. 음양의 경계인 0을 기준으로 수직선의 오른쪽엔 양수가, 왼쪽엔 음수가 있듯이, 행불행의 경계인 0을 기준으로 행복직선의 오른쪽엔 사랑지수가, 왼쪽엔 미움지수가 있다. 큰 미움보다 작은 미움이 더 행복한 것은 작은 미움의 행복지수가 큰 미움의 행복지수보다 크기 때문이다. 그러나 여전히 작은 미움은 불행이다. 미워하지 말지어다.

II. 문자와 식

문자를 품은 식

흔한 생략

$x \times y$와 xy는 같지 않다

$x \times y$는
조금만 방심해도
믿음이 깨지지만
xy는
그 누가 와도
변함이 없다

$x \div y$와 $\frac{x}{y}$는 같지 않다

$x \div y$는
조금만 소홀해도
사랑이 깨지지만
$\frac{x}{y}$는
그 누가 와도
이별이 없다

흔한 생략 속에
강한 끌림은
사랑을 더욱 견고하게 한다

곱셈과 나눗셈 기호의 생략

문자를 사용한 식에서 보통 곱셈 기호 '×'를 생략하여 $x \times y = xy$로 쓴다. 둘만 있다면 맞는 말이다. 하지만 다른 무엇이 개입하면 성립하지 않을 수 있다.

예를 들면 $z \div x \times y = \frac{z}{x} \times y = \frac{zy}{x}$이지만

$z \div xy = \frac{z}{xy}$이므로 $z \div x \times y \neq z \div xy$이다.

z라는 누군가가 끼어들어 변형이 생긴 것이다.

친한 친구 사이, 다정한 연인 사이에는 말하지 않아도 알 수 있는 것들이 있다. 생략한다는 것은 그만큼 이해와 믿음이 있어서일 것이다.

이력서

성명: 김남규

성별: x

학력: y대학교 졸업

두 문자 x, y의 값에 따라
이력서의 값이 달라지는
세상이 아니었으면
좋겠다

식의 값

두 문자 x, y에 어떤 값을 대입하느냐에 따라 식의 값은 달라진다. 하지만 남녀로, 대학으로 이력서의 값이 달라지지 않았으면 하는 바람이다. 화합할 수 있는 품성과 일할 수 있는 역량, 그 직업에서 필요한 능력의 유무가 오로지 이력서의 변수가 되는 세상이면 좋겠다.

믿을 수 있는 사람

어떤 사람이
믿을 수 있는 사람일까?

늘 원칙을 지키는
예측 가능한 사람

수학 같은 사람
일차식 같은 사람

그런 사람이 좋다

일차식

TV를 보다 어느 회사의 광고를 보고 한동안 가슴이 뛴 적이 있다. 다른 사람에게 신뢰를 주는 것이 쉬운 일은 아닐 것이나, 가치 있는 일임에는 의심하지 않는다. 믿을 수 있는 사람의 정의가 내려지니 그렇게 살고 싶어졌다. 수학은 그 어떤 것보다 원리가 있고, 예측 가능하다. 단순해 보일지라도 일차식이 그렇다. 미지수 x의 값에 따라 일차식은 묵묵히 자기의 값을 한다. 믿을 수 있는 사람이다.

성공수식

성공은 대체로
노력에 비례한다

노력을
미지수 x라 하면
노력에
상관있는 배경은 계수로
상관없는 배경은 상수로
일차 성공수식이 만들어진다

성공수식이
x인 사람도 있고
$2x-5$인 사람도 있다

배경이 좋으면
성공이 쉬울 수 있지만
배경이 좋다고
성공하는 것은 아니다

성공수식은
변함이 없겠지만
노력 x의 값에 따라
식의 값은 달라진다

성공수식을 찾았는가?
이제 당신 차례다
x에 대입할
노력을 결정해라

일차식

열심히 노력하다 보면 성공에 가까워진다. 자신이 갖고 있는 배경 중 인성, 체력 등 노력 값을 증가시켜주는 배경의 합은 계수로, 재산, 인맥 등 노력 값에 상관없는 배경의 합은 상수로 놓자. 성공수식이 x인 사람은 배경이 자신밖에 없는 사람이고, $2x-5$인 사람은 5만큼의 빚은 있으나 2만큼의 능력이 있는 사람이다. 이렇게 성공수식은 사람마다 다르지만 노력 x의 값에 따라 누구나 성공할 수 있다. 오늘을 포기하지 않은 내일은 그래서 희망이다.

유유상종

같은 무리는
서로 어울리기 마련이다
식의 덧셈과 뺄셈도
동류항끼리 어울린다

동류항은
문자와 차수가 같아 어울릴 뿐
계수가 크다고
어울리는 것은 아니다

고양이는 동류항이다
고양이라 어울릴 뿐
귀엽다고
어울리는 것은 아니다

코끼리도 동류항이다
코끼리라 어울릴 뿐
힘이 세다고
어울리는 것은 아니다

인간도 동류항이다
인간이라 어울릴 뿐
돈이 많다고
어울리는 것은 아니다

동류항

덧셈과 뺄셈은 곱셈과 나눗셈에 비해 결합이 약해 같은 종류(동류항)끼리만 계산하며 어울린다. 그럼 동류항을 결정하는 기준은 뭘까? 바로 정체성이다. 귀여움이 아니라 고양이, 힘이 아니라 코끼리, 돈이 아니라 인간 그 자체가 동류항이다. 인간에게 있어 돈은 $2x$의 계수인 2 정도의 역할일 뿐, 서로 어울리는 데 전혀 문제가 되지 않는다.

마이 웨이

세상은 나에게
방정식으로 살라 하네
방정식을 만족하는
해로만 살라 하네

해가 아닌 모습은
송두리째 부정하며
세상에 나를 맞춰
해로만 살라 하네

나는 세상에게
항등식으로 산다 하네
어떠한 모습이든
자신으로 산다 하네

모든 것이 해이며
참인 나 자신으로
세상을 내게 맞춰
당당하게 산다 하네

방정식과 항등식

생각이 다르거나 행동이 특이하면 주변 사람들은 평범하게 살라고 걱정하며 충고를 한다. 그들은 정해놓은 선입견으로 우리를 바라보고 틀에서 벗어나면 다름이 아닌 틀림을 이야기한다.

하지만 나에겐 나만의 방식이 있다. 정해놓은 틀에 맞추어 맞고 틀림이 아니라, 나 자신임을 끊임없이 증명하며 모두가 해인 나 자신으로 살아간다.

나는 한 번도 내가 아닌 적이 없다. 모습이 변하고 값이 변할지언정 내 삶의 주인공은 언제나 나.

썸앤럽

썸은
조건을 맞춰가지만
럽은
같음에 행복하다

썸은
답을 구하려 하지만
럽은
모두가 답이다

썸은
때에 따라 다른 길을 가지만
럽은
언제나 같은 길을 간다

썸은 방정식
럽은 항등식
우리 삶은 등식

 방정식과 항등식

서로를 조금씩 알아가는 썸(some)은 방정식을 닮았다. 방정식의 해를 구하듯 썸은 서로의 조건에 맞추느라 정신이 없다.
서로의 마음을 확인한 럽(love)은 항등식을 닮았다. 항등식의 해가 모든 수이듯 럽은 같이 하는 모든 것이 정답이고 해이다.
그래서 썸은 최상의 짝(답)을 찾는 것이 목표고, 럽은 변함없는 사랑임을 증명하는 것이 목표다.

사랑의 무게

당신을 사랑하는
마음의 무게는
세상 모든 저울추와
균형을 이루더이다

양쪽에
같은 무게를 올리려 하니
남은 마음도 저울추도
이 세상에는 없더이다

양쪽에서
같은 무게를 내리려 하니
사랑하는 마음 너무 단단해
나누어지지 않더이다

더할 마음도
나눌 마음도 없어
등식의 성질을
증명할 길 없으나
그 무게
하나 무겁지 않더이다

등식의 성질

「등식에서 양변에 같은 수를 더하거나, 빼거나, 곱하거나, 나누어도 그 등식은 성립한다. 단, 0으로 나누는 것은 제외한다.」 이런 등식의 성질을 증명하기 위해 양팔저울의 한쪽에 사랑하는 마음을 올렸더니 다른 쪽엔 세상의 모든 저울추가 사용되고 말았다. 이제 세상엔 더 이상 더할 것도, 뺄 것도, 곱할 것도, 나눌 것도 남아있지 않다. 그렇게 무거운 사랑의 무게가 내겐 하나 무겁지 않고, 오히려 나의 기분을 띄워 설레게 한다.

독대

고독과 마주할 때
본질은 선명해진다

딱딱한 껍질을
비벼 까야
고소한 호두를
먹을 수 있는 것처럼

마음의 벽을
허물어야
달콤한 사랑을
얻을 수 있는 것처럼

주변의 배경을
제거해야
그 사람의 진실을
이해할 수 있는 것처럼

홀로 남는 것
홀로 남기는 것
방정식을 푸는 일은
고독과 마주하는 일이다

일차방정식

일차방정식 $2x+1=5$를 푸는 것은 x의 값을 구하는 것이고, 한쪽에 x를 홀로 남겨두어야 하는 일이다.
방법은 간단하다. x와 친하지 않은 것부터 제거하면 된다. 먼저 양변에 -1을 더해 $+1$을 제거한 후, 양변을 2로 나누어 곱해진 2를 제거한다.
x가 홀로 남는 순간 반대쪽엔 x의 정체가 나타난다. 어떤 것의 정체를 알고 싶다면 홀로 남겨 고독과 마주하게 하라. 정체를 드러낼 것이다.

세상의 균형

일차방정식에는
혼돈의 두 세상이 존재하고
두 세상을 잇는 다리를 건널 땐
혹독한 대가를 치르게 된다

긍정은 부정으로, 부정은 긍정으로
진보는 보수로, 보수는 진보로
+는 -로, -는 +로
×는 ÷로, ÷는 ×로

혼돈이 정리되면
한 세상엔 물음이
나머지 세상엔 대답이
자리한다

이렇게 두 세상은
서로 소통하며
아름다운 균형으로
물음에 답하고 있다

일차방정식

일차방정식에는 두 세상이 존재한다. 좌변과 우변. 그리고 두 세상을 이어주는 다리, 등호(=).

일차방정식 $3x-2=x+4$처럼, 처음 두 세상은 혼돈 그 자체지만 벌이 꽃을 찾듯 x항과 상수항이 서로 다리를 건너 혼돈은 정리된다. 하지만 다리를 건널 땐 정반대의 상대를 이해해야 하는 혹독한 대가를 치루어야 한다.

$3x-x=4+2$ / $2x=6$ / $x=\frac{6}{2}$ / $x=3$

이렇게 혼돈이 정리되고 나면 한 세상엔 물음 x가, 다른 세상엔 대답 3이 자리하게 된다.

이렇게 일차방정식의 두 세상은 소통하며 서로의 입장을 이해하고, 어느 한쪽에도 치우치지 않는 완벽하고 아름다운 균형을 이루며, 우리의 물음에 친절히 답하고 있다.

사랑방정식

누구나
가슴속 깊은 곳에
사랑방정식 하나
품고 산다

그 방정식
일차라면 한 개
이차라면 두 개
사랑이 숨어있겠지

하지만
나의 사랑방정식
해가 너 하나뿐인
일차방정식임에
그저 행복이다

널
놓칠 수 없어
오늘도 난
일차방정식을 푼다

일차방정식

사람마다 사랑방정식이 하나씩 있다. 인생을 통틀어 사랑방정식이 일차인 사람은 한 번의 사랑이, 이차인 사람은 두 번의 사랑이, 십차인 사람은 열 번의 사랑이 있다. 일차방정식을 못 풀어 한 번뿐인 사랑을 놓치는 사람도 있고, 이차방정식을 풀어 두 번의 사랑을 모두 이루는 사람도 있다. 이제 나에게 주어진 일차방정식을 꼭 풀어 너를 해로 사랑해야겠다. 수학 공부 시작!

III. 함수

너와 나를 잇는 함수

그대 곁으로

내가 있는 곳은 (37, 128)
내 마음이 머무는 곳은 (52, -73)

잃어버린 마음이
머무는 곳에 가는 것은
쉬운 일이나
잃어버린 마음을
곁에 두는 것은
쉬운 일이 아니다

그대가 있는 곳은 (52, -73)
그대 마음이 머무는 곳을
나는 알지 못한다

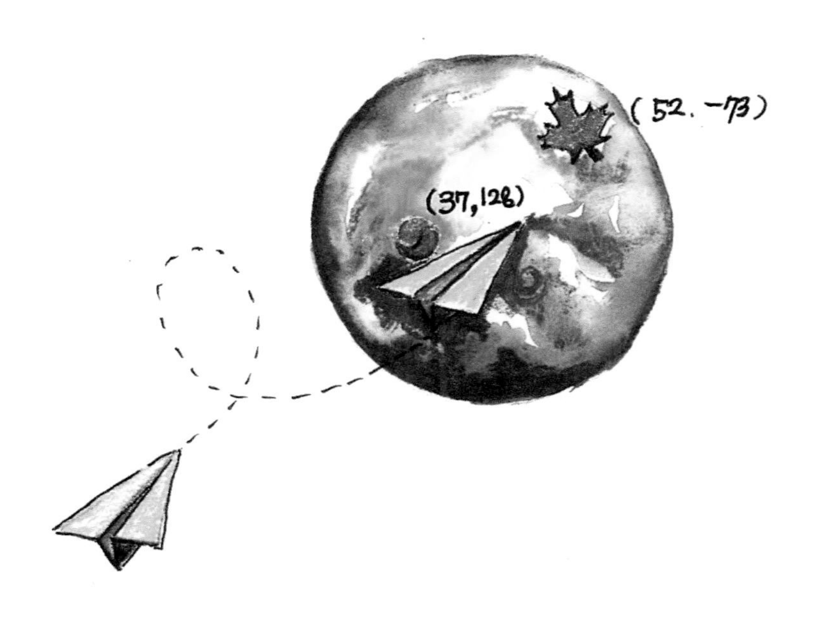

순서쌍과 좌표

내가 있는 곳은 (위도, 경도)=(37, 128)인 충주 근처 산기슭, 하지만 내 마음이 머무는 곳은 (위도, 경도)=(52, −73)인 캐나다 퀘벡. 몸과 마음이 너무 떨어져 있어 몸은 공허하고, 마음은 늘 춥다.
잃어버린 마음이 머무는 곳에 가는 것은 비행기 티켓으로 해결할 수 있지만, 잃어버린 마음을 곁에 두려면 그녀를 곁에 두어야 한다. 그녀가 있는 곳이 바로 내 마음이 있는 곳이기 때문이다.

제4사분면 그대

고되었던 일상
편안한 토요일 오후
거실에 누워 멍을 때린다

그러다 문득
창문틀을 축으로
좌표평면이 그려졌다

의미 부여할 여유도 없이
우연과 필연이 뒤섞인 채
만나 왔던 사람들

x축엔 내 감정
y축엔 상대 감정
바둑판에 돌을 놓듯
좌표평면에 점을 놓는다

제2사분면의 점
애써 감춰왔던
민낯을 드러낸다

제4사분면의 딱 한 점
생각하면 기분 좋고

생각하면 마음 아픈
아린 가슴은
몇 방울 눈물 되어
볼을 타고 흐른다

얼른
제1사분면으로 눈 돌리니
흐뭇한 미소가
절로 번진다

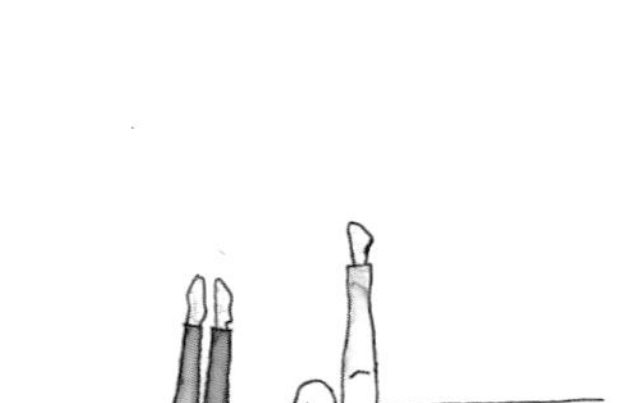

순서쌍과 좌표

지친 일상을 뒤로 한 채 보내는 토요일 오후의 여유. 데카르트가 그랬듯, 천정에 좌표평면을 그렸다. 제1사분면의 점은 서로 좋아하는 사람, 제2사분면 위의 점은 나는 싫어하지만 나를 좋아하는 사람, x축 위의 점은 나에게 무관심한 사람 등. 사실 대부분의 사람은 원점에 겹쳐 있겠지.
내 좌표평면을 살펴보니, 제1사분면엔 수많은 점이, 제3사분면엔 몇몇 점이, 제2사분면엔 극소수의 점이, 제4사분면엔 딱 한 점이 놓였다. 그 딱 한 점에 마음이 아프다.
여러분도 자신의 좌표평면에 점을 놓아보라. 만약 제3사분면의 점이 거슬린다면 그 점을 제4사분면으로 옮겨보라. 그러면 언젠가 그 점, 제1사분면으로 올라갈 것이다.

사랑 성적표

사람은
같이 있고 싶어 결혼도 하고
서로에게 상처 되어 헤어지거나
가슴 아픈 사별도 한다

만남의 사랑값 x좌표
헤어짐의 사랑값 y좌표
사람마다 사랑 성적표가 다르다

제1사분면의 사람은
사랑이 충만하여 행복하다
사랑하는 사람과 헤어지는 일은
가슴이 미어지는 일이나
그 역시 사랑하였으므로 행복이다

제2사분면의 사람도
사랑 없는 시작을 했지만
신뢰를 키워 행복에 이른다
매일매일 사랑을 쌓아가는 일은
가슴을 설레게 하는 일이다

제3사분면의 사람은
함께 하는 내내

사랑 없이 불행하다
어쩌면 헤어짐이 행복이겠지

제4사분면의 사람은
사랑으로 시작했지만
점점 신뢰를 잃어 불행에 이른다
하루하루 사랑을 허무는 일은
마음을 병들게 하는 일이다

당신은 지금
몇 사분면에서 살고 있습니까?

순서쌍과 좌표

좌표평면 위의 한 점은 x축과 y축, 두 가지 정보를 갖는다. 여기서 x좌표는 사랑의 시작을, y좌표는 사랑의 끝을 나타낸다. 사랑을 시작했다면 x좌표는 결정되었고, 사랑을 키워 가며 y좌표를 올리는 중이겠지?
사랑이 끝났다면 어느 한 곳에 점이 찍혔으리라. 그런데 어디엔가 영원히 사랑이 끝나지 않아 점을 찍을 수 없는 아름다운 사랑도 있지 않을까?

나의 마음

(-3, 2) (-2, 2) (2, 2) (3, 2)

(-4, 1) (4, 1)

(-4, 0) (0, 0) (4, 0)

(-3, -2) (3, -2)

(0, -5)

 순서쌍과 좌표

사랑의 근원으로서 심장을 뜻하는 하트. 이 하트를 완성하기 위해 꼭 필요한 것은 완벽한 좌우대칭이다. 심장은 좌우대칭이 아니지만, 하트가 좌우대칭인 이유가 서로 같은 마음으로 함께해야만 사랑이 완성된다는 상징적인 의미가 있는 것은 아닐까?

그래프 디테일

순간은 아무것도 아닐 수 있다
하지만
순간이 모여 흐름을 만들고
흐름이 모여 결과에 이른다
순간 하나하나는 소중하다

사소함은 아무것도 아닐 수 있다
하지만
사소함이 모여 습관을 만들고
습관이 모여 인생을 이룬다
사소함 하나하나는 소중하다

만남은 아무것도 아닐 수 있다
하지만
만남이 모여 인연을 만들고
인연이 모여 사랑에 이른다
만남 하나하나는 소중하다

하나하나의 소중함이 모여
관계를 만들고
점으로, 선으로
그래프를 그린다

그래프

작은 것들이 모여 큰 흐름을 만드는 일을 우리는 쉽게 볼 수 있다. 그것이 좋은 일이든 나쁜 일이든. 하지만 작은 것들이 아무런 관계없이 일어난다면 어떠한 흐름도 만들 수 없다. 흐름을 만들고 싶다면 계획을 세워 관계를 만들고 하나하나 실행에 옮겨보라. 디테일한 그래프를 보게 될 것이다.

안부

비가
어깨를 토닥이며 말을 건다
"잘 지내니?"

처음 만난 녀석인 줄 알았는데
안부 묻는 걸 보니
어쩌면 내가
무심히 흘려버렸던
녀석인가 보다

한 세상 돌고 돌아
날 잊지 않고
비가 되어 왔겠지

너의 그래프를 알면
언제 다시 올지 알 텐데
그땐
미처 못 한 답을 할 거야
"니가 와서 큰 위로가 되었어"

그래프

마음에 위로가 필요할 때가 있다. 울고 싶을 때도 있다. 그 때 내려주는 비는 내 눈물과 섞여 작은 위로가 된다. 어깰 토닥이며 날 위로하던 녀석. 그 녀석은 어디서 와서 어디로 가는 걸까? 순간을 지나쳐 미처 고맙단 인사도 못 했는데. 그 녀석도 분명 일정한 규칙을 따라 흐르고 있으니 그래프로 나타낼 수 있을 거야. 내가 앞서 가 고맙다고 말해주고 싶다.

오케스트라

적막 속 첫 울림
심장을 꽉 움켜잡고
이어지는 두 번째
웅장한 선율로 마음을 이끈다

높고 낮음
길고 짧음
그리고 강약
음률을 타고 흐르며
그래프를 그린다

눈을 감으니
악보에선 보지 못한
아름다운 선율이 그래프가 되어
모든 곳으로 흐르고 있다

오늘 이 곡은
내 모든 것이 되었다

라흐마니노프 피아노 협주곡 제2번 다단조 op. 18

그래프

라흐마니노프의 피아노 협주곡 2장. 첫 울림부터 30분이 지나도록 긴장의 끈을 놓지 못했고, 지금도 가슴 속 깊은 곳에 여운이 남아있다. 눈을 뜨면 웅장한 오케스트라의 향연이, 눈을 감으면 아름다운 선율이 음표를 달고 날아다녔다. 악보에 미처 표현하지 못한 부드러운 생략을 어찌도 그리 잘 표현하던지. 연주자들의 머릿속엔 음표를 잇는 부드러운 그래프가 있었을 거야. 라흐마니노프의 피아노 협주곡 제2번 다단조 op.18을 아직 들어보지 못했다면 오늘 밤 꼭 들어보길 바란다.

착각

그녀와 나의 사랑
정비례

사랑을 키우기 위해
관심을 갖을수록
그녀는 나를 피하고

관심을 정리하여
그녀를 피했더니
이제야 관심을 보인다

정비례에 대한
나의 착각
우리 사랑의 관계
$y=-2x$

 정비례

사람들은 정비례라 하면 2배, 3배, 4배 같은 비율로 증가하거나 감소하는 것으로 생각한다. 하지만 정비례에서 증가 또는 감소를 말하는 것은 옳지 않다.

무관심 즉 0에서 출발한 서로의 관심이 $y=2x$인 정비례라면 내가 관심을 보일수록 그녀도 같은 비율로 관심을 갖지만, $y=-2x$인 정비례라면 내가 관심을 보일수록 그녀는 같은 비율로 나를 회피한다.

밀당의 법칙

사랑은
덧셈이 아니라 곱셈이다
그래서
밀당의 법칙이 성립한다

밀당의 법칙 하나
둘의 사랑값을 상수로 놓되
사랑이 깊을수록 큰 값을 쓴다

밀당의 법칙 둘
2배, 3배 관심이 늘면
$\frac{1}{2}$배, $\frac{1}{3}$배 관심을 줄여가고
$\frac{1}{2}$배, $\frac{1}{3}$배 관심이 줄면
2배, 3배 관심을 늘려간다

밀당의 법칙 셋
결코 무관심으로
0을 만들지 않는다

사랑은
덧셈이 아니라 곱셈이다

반비례

앞에서도 사랑은 덧셈이 아닌 곱셈이라 했다. 그만큼 사랑은 더불어 생기는 알 수 없는 것들이 많다.
연애 시절, 더욱 짜릿한 사랑을 하기 위해 또는 사랑의 주도권을 잡기 위해 밀당(밀고 당기기)을 한다. 이 밀당의 법칙은 반비례를 꼭 닮았다. $xy=1$ 좀 더 사랑한다면 $xy=10$. 사랑의 깊이만큼 상수의 크기를 크게 한다.
상대가 적극적일수록 나는 소극적으로 새침을 떼고, 상대가 소극적일수록 나는 적극적으로 대시하며 비율을 맞춘다. 이때 주의사항은 무관심(0)으로 상대에게 모욕감을 주지는 말자.

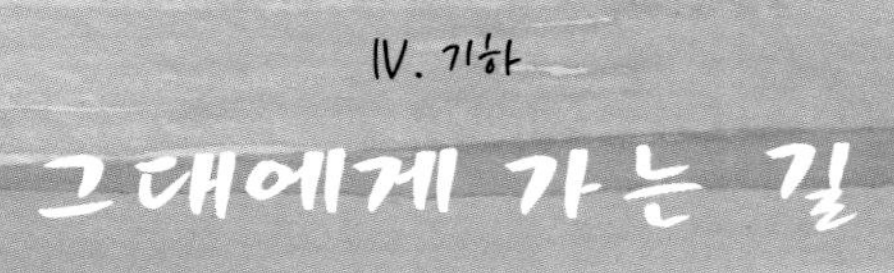
Ⅳ. 기하
그대에게 가는 길

점 · 선 · 면

그대
생각날 때마다
점 찍었더니
끝없는 선 되더이다

그대
보고 싶을 때마다
선 그었더니
광활한 면 되더이다

그대
그리울 때마다
면 칠했더니
하늘 끝 성벽 되더이다

매일 생각나는 그대여
매일 보고 싶은 그대여
매일 그리운 그대여
내 속에 살아 숨 쉬는 그대여
그대는 사랑입니다

점, 선, 면

무수히 많은 점이 모여 선이 되듯, 매일매일 그대가 생각난다. 무수히 많은 선이 모여 면이 되듯, 매일매일 그대가 보고 싶다. 무수히 많은 면이 모여 입체가 되듯, 매일매일 그대가 그립다. 오늘도 난 점을 찍고, 선을 그리고, 면을 칠하고 있다.

이별의 순간

상처도 아닌
아프지도 않은 점이
심장에 생겼다

점은 점점 많아지더니
선이 되어
가시로 찌른 듯
깊은 상처로 심장에 꽂혔다

선은 점점 많아지더니
면이 되어
칼에 베인 듯
심장이 동강 나 버렸다

점, 선, 면

그녀와의 사소한 다툼은 흔적만 있을 뿐 아무것도 아닐 수 있다. 하지만 그 다툼이 많아지면서 사랑에 가시가 된다. 역시 그 가시가 많아지면서 칼날이 되어 사랑을 베어버리는 무기가 된다. 사소함은 중요함의 시작이 될 수 있다. 부디, 사소함을 무심히 지나치지 않기를 바란다.

편지

선 위에 쓴 편지
그대에게 보냅니다
보낸 이는 알겠으나
내용을 읽었을지
걱정이 됩니다

면 위에 쓴 편지
그대에게 보냅니다
내용은 읽겠으나
내 마음 알아줄지
걱정이 됩니다

공간에 쓴 편지
그대에게 보냅니다
마음은 알겠으나
그 마음을 받아줄지
걱정이 됩니다

지금
4차원 공간에
편지를 쓰고 있습니다
과거엔 만날 설렘을
현재엔 설렌 행복을

미래엔 행복한 기억을

이제
걱정 아닌 추억으로
마지막 편지
그대에게 보냅니다

 점, 선, 면

선 위에 쓴 편지는 글이 아니라 마음일 뿐. 나의 존재는 알겠지만 편지를 읽지는 못한다. 면 위에 쓴 편지는 읽겠지만 그댈 사랑하는 마음을 모두 담지 못해 속상하다. 공간에 쓴 편지는 지금의 내 모든 것이나 그 마음을 받아줄지 걱정이다.
지금 나는 4차원 공간에 편지를 쓴다. 과거에는 그댈 만날 설렘을 보내고, 미래에는 그대 만난 행복을 보내니, 이제 그것만으로 충분하다.

시작 그리고 끝

누구에게나
시작은 있다

그것이
배움일 수도
사랑일 수도
인생일 수도

작심삼일의
짧은 선분도 있고
인생을 건
긴 선분도 있다

하지만 누구에게나
끝이 있는 것은 아니다

영원한 사랑
역사를 잇는 생각은
끝이 없는 반직선이다
어떤 끝을 만들지는
당신에게 달려있다

 선분과 반직선

누구에게나 시작은 있지만 끝은 다르다. 매년 1월 1일의 다짐처럼 일주일이면 끝나는 짧은 선분도 있고, 독한 마음으로 초급반부터 시작한 수영강습이 마스터반까지 가는 긴 선분도 있다. 하지만 스무 살의 철없던 사랑이 죽는 그 순간까지 사랑으로 이어져 끝없는 사랑으로 남기도 한다. "나의 죽음을 적에게 알리지 마라"라는 이순신 장군의 유언은 지금까지도 우리에게 전해지며 끝나지 않은 반직선으로 남았다.

그대에게 가는 길

그대에게 가는 길
굽이굽이 산길이 아닙니다

그대에게 가는 길
직각으로 꺾이는 도로도 아닙니다

그대에게 가는 길
상세한 지도가 필요 없습니다

그대에게 가는 길
친절한 네비도 필요 없습니다

그대에게 가는 길
단 한 가지
가장 짧은 길
선분으로 가는 것입니다

선분

사랑하는 그대에게 가는 길은 몸이 가는 길과 마음이 가는 길 두 가지가 있다.
몸이 가는 길이 굽이굽이 산길이든, 직각으로 꺾이는 도로든 마음이 가는 길은 굽지도 꺾이지도 않는다. 그래서 마음이 가는 길에선 도로의 폭조차도 사치로 느껴진다.
상세한 지도도 친절한 내비게이션도 필요하지 않은 그대에게 가는 길, 그대에게 마음이 가는 길, 그 길은 단 한 가지, 가장 짧은 길, 선분으로 가는 것뿐이다.

사랑의 단계

서로 다른
두 점이 있듯이
서로 무관심한
두 사람이 있다

두 점을 잇는
직선이 있듯이
다른 사람에게도 열린
썸남썸녀가 있다

두 점을 잇는
반직선이 있듯이
썸과 럽이 공존하는
애매한 관계가 있다

두 점을 잇는
선분이 있듯이
서로만 바라보는
사랑이 있다

두 점을 잇는 선

사랑은 다른 사람에게 가는 관심 지우기이다. 아무런 관계가 없는 사람은 서로 다른 두 점으로만 존재한다. 하지만 관심이 생기면 두 점을 잇는 직선이 생기고, 두 점을 지나 무한히 나가는 선을 지우는 과정이 사랑의 과정이다. 다른 선은 모두 지워지고, 둘을 잇는 선분만 남게 되면 사랑은 완성된다. 물론 두 점 사이의 선분이 지워지는 경우는 조심해야겠다.

생각의 각도°

나이에 따라
생각의 폭은 달라진다

열 살짜리에겐 10° 만큼의
스무 살짜리에겐 20° 만큼의
생각 폭이 있다

나이만큼
생각의 폭은 넓어져
남을 배려하고
삶의 여유를 갖는다

너는
몇 도의 생각 폭이 있니?
14살이라
14° 만큼의 생각 폭을 생각해?

생각을 바꿔봐
너의 생각 폭은
14° 가 아니라
346° 일 수 있어

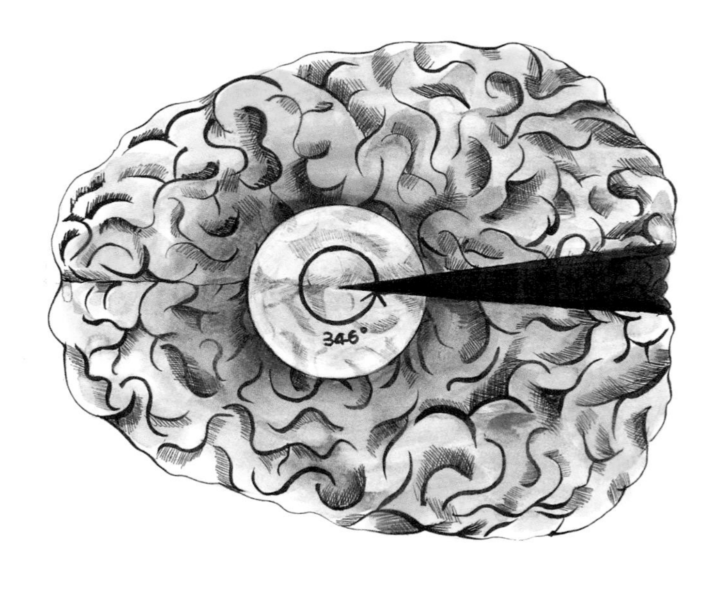

 각의 성질

나이가 들면서 문득 몰랐던 사실을 알게 되어 깜짝 놀랄 때가 있다. 비었던 퍼즐 조각이 맞춰지며 전체 그림을 알게 되는 것이다.
그래서 나이에 따라 생각 폭이 있다고 가정해 보았다. 그것이 창의적인 생각이든, 남을 배려하는 생각이든.
14살짜리의 생각 폭을 14°라 생각할 수 있겠지만 그들은 고정되지 않는 생각으로 늘 반전이 있다. 바로 생각 폭이 346°일 수 있다. 그런 면에서 나이 든 어른에게는 사실 반전의 폭이 작다. 어른들이 자라는 청소년에게 무엇인가 강요하지 말아야 하는 이유다.

폼생폼사

폼을 내는 일은 각이 생명이다

스포츠는 폼이다
최고를 위한 최선의 각
노력에 노력을 더하는 각
각이 서면 폼이 나 경기력이 상승한다

공부는 폼이다
끈기 있게 미는 각
생각의 여유를 갖는 각
각이 서면 폼이 나 성적이 향상된다

연애는 폼이다
연인을 신뢰하는 각
사랑에 전념하는 각
각이 서면 폼이 나 연애가 설렌다

인생은 폼이다
원칙을 유지하는 각
소신 있게 행동하는 각
각이 서면 폼이 나 인생이 즐겁다

나는
폼에 살고 폼에 죽는다

각의 성질

폼을 내려면 각을 잘 잡아야 한다. 스포츠는 폼이 중요하다. 오랜 기간의 시행착오를 거쳐 만들어진 폼은 미세한 각에 의해 결정된다. 거기에 열정을 다하는 노력은 꼭 필요한 각이다. 공부도 끈기 있게 최선을 다한 후, 생각의 여유를 갖는 각은 통찰력을 키워 학습의 힘을 향상시킨다. 연애도 마찬가지다. 상대를 신뢰하고 사랑에 전념하는 각은 다른 연인들의 부러움과 스스로의 사랑에 폼이 나 늘 연애가 설렌다. 인생도 자신의 원칙과 소신으로 행동하면 가끔은 손해를 볼 수도 있지만 각이 서고 폼이 나 사는 것이 즐겁다. 폼에 살고 폼에 죽는 나는 폼생폼사다.

같거나 채우거나

젊은 부부는 닮는다
거울을 보듯
같이 하거나 하지 않거나

그래서 맞꼭지각 부부는
두 배로 행복하거나 불행하다

중년 부부는 닮지 않는다
나란히 곁을 지키며
서로 부족한 부분을 채워
180°의 평화를 이룬다

그래서 엇각 부부는
대체로 화목하지만
한쪽의 희생이 따른다

노년 부부는 닮는다
직교를 통해
맞꼭지각도 같고 엇각도 같은

그래서 직각 부부는
마주 보며 함께 하며
인생이 지혜롭다

맞꼭지각

사랑을 갓 시작한 젊은 부부는 많은 것을 같이 하려 한다. 커플티 입기, 맛집 투어, 취미생활 등 같이 할 수 있는 것들을 찾아 서로 닮아간다. 그래서 젊은 부부는 맞꼭지각이다.
자식을 낳고 바쁘게 사는 중년 부부는 서로 하는 일을 나눈다. 아내는 요리 남편은 설거지, 아내는 빨래 남편은 청소. 서로 일을 나누어 부족함 없이 180°의 평화를 이룬다. 그래서 중년 부부는 서로 옆각이다.
오랜 세월 같이 있으며 서로의 마음을 아는 노년 부부는 말하지 않아도 부족함이 없고, 함께 하며 삶을 즐긴다. 그래서 노년 부부는 직각이다. 맞꼭지각인 듯 옆각인 듯.

일은 엷각처럼, 사랑은 맞꼭지각처럼

일에는
완성이 있고
사랑에는
공감이 있다

일은
부족함을 채워
강약을 조절하고
사랑은
기쁨도 슬픔도
똑같이 나눈다

엷각처럼 일하고
맞꼭지각처럼 사랑하라

맞꼭지각

일은 서로 나누면 편하다. 제작 따로, 홍보 따로, 판매 따로. 역량에 맞게 따로따로. 반면 사랑은 서로 공감하면 더욱 깊어진다. 같이 먹고, 같이 놀고, 함께 슬퍼하고, 함께 기뻐하고. 그래서 한결같이 180°를 만드는 옆각처럼 일하고, 한결같이 같은 값을 갖는 맞꼭지각처럼 사랑하라.

만남

공간에 사는 우리는
가끔
운명 같은 만남을 한다

공간에 있는 두 선은
만나는 일이 거의 드물지만
오늘
많은 사람을 만났다

공간에 사는 우리는
매일
운명 같은 만남을 한다

 두 직선의 위치 관계

수학 공부를 하다 보면 공간에서 두 직선이 만나는 일을 심심치 않게 본다. 하지만 현실에서 두 직선이 만나는 일은 쉬운 일이 아니다.
지표면에 붙어사는 까닭에 제약된 공간을 살고 있는 우리는 직선으로 다니는 것은 아니지만 흔적을 남기며 선을 그리고 있다. 오늘도 우리는 기적 같은 만남을 하고 있다. 지금, 이 순간 함께 있는 사람이 소중하다.

만남의 기술

학생들이여
친구와의 관계가
평행선을 그린다면
동위각의 크기를 바꿔보라
우정을 얻게 될 것이다

젊은이들이여
이상과 현실이
평행선을 그린다면
동위각의 크기를 바꿔보라
이상이 현실이 될 것이다

연인들이여
서로의 의견이
평행선을 그린다면
엇각의 크기를 바꿔보라
합의점이 나올 것이다

정치인들이여
서로의 입장이
평행선을 그린다면
엇각의 크기를 바꿔보라
공통의 입장이 나올 것이다

각을 바꾸고 기다리면
언젠가
만나는 날 오리라

평행선의 성질

의견이 대립되어 합의점이 나오지 않고, 평행선을 달리는 경우가 있다. 이때, 동위각이나 엇각의 크기를 서로 다르게 하면 평행이 깨져 두 직선은 결국 한 점에서 만나게 된다. 물론 더 벌어질 수도 있지만, 그땐 유연하게 앞으로 거슬러 올라가면 된다. 이때 주의사항. 꼬인 위치에 있게 되는 상황을 주의하자.

작도

내 머릿속
생각을 작도하는 데
눈금 없는 자는
필요하지 않아

컴퍼스로
원 하나 크게
그리면 되니까

그리고
니 생각

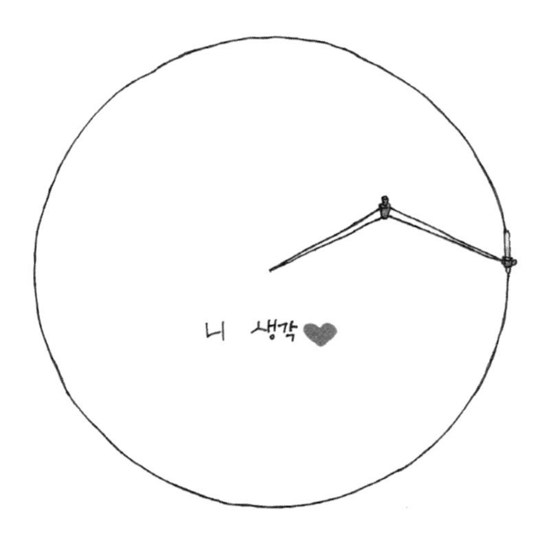

작도

작도할 때 눈금 없는 자와 컴퍼스가 필요하다. 눈금 없는 자는 두 점을 연결하거나 선분을 연장하는 데 사용하고, 컴퍼스는 원을 그리거나 선분을 옮기는 데 사용한다.
내 머릿속은 온통 그대 생각으로 눈금 없는 자로 두 점을 연결해 나눌 필요가 없다. 그냥 최대한 크게 컴퍼스를 벌려 원 하나 그리면 된다. 그리고 네 생각.

쓸모없는 것들

어처구니없는 맷돌
배터리 없는 핸드폰

용량 없는 메모리
자리 없는 도서관
커피 없는 커피잔
바퀴 없는 자동차
소리 없는 스피커

시침 없는 시계
심지 없는 연필
사랑 없는 연인

알 없는 안경
재미없는 책
눈금 없는 자
그대 없는 나
쓸모없단 말

작도

세상에서 가장 쓸모없는 것은 무엇일까? 사실 세상의 모든 것은 나름의 쓸모를 갖고 태어난다. 그래서 「쓸모없다」는 말이 사실 가장 쓸모없는 것일지도 모른다.
「눈금 없는 자」도 쓸모없어 보이지만 수학에서 작도하는 데 매우 중요한 역할을 한다. 실연을 당한 사람은 「그대 없는 나」를 선택할지도 모르겠지만, 또 다른 인연의 시작일 수 있으니 「나」 하나만으로 소중하다.
이렇듯 입장에 따라 쓸모가 정해지니, 쓸모에 맞게 쓰면 그 어떤 것도 소중하지 않은 것이 없다.

그대의 합동 조건

그대 오는
발소리 들리네요
뒤돌아보지 않아도
그대인지 알 수 있어요

그대 오는
향기 나네요
둘러보지 않아도
그대인지 알 수 있어요

그대 오는
느낌 드네요
설레는 심장 소리로
그대인지 알 수 있어요

발소리
향기
느낌
그대의 합동 조건입니다

삼각형의 합동 조건

둘이 합동임을 보이려면 모든 것이 같음을 보여야 하는데 불편함은 물론 불가능할 수도 있다. 그래서 그것을 단 하나로 결정짓는 요소를 찾아 같음을 보이면 간편하다. 예를 들면, 인터넷상에서 나임을 보이려면 주민등록번호 하나면 된다. 물론 도용되는 것은 주의해야겠지만.
두 삼각형의 합동 조건은 ①SSS ②SAS ③ASA이고, 그대의 합동 조건은 ①발소리 ②향기 ③느낌 등, 그대임을 알 수 있는 조건들이 내겐 너무 많다.

V. 도형의 성질

괜찮아 도형이야

마음의 모양

혹시
마음의 모양
다각형은 아닐까?

다각형의 뾰족함에
다른 이는 상처 받고
자신은 대각선으로 상처 입으니

7살짜리 마음은 칠각형
14살짜리 마음은 십사각형
21살짜리 마음은 이십일각형
28살짜리 마음은 이십팔각형

나이 들며 각도 늘어
뾰족함은 무뎌지지만
대각선은 더욱 많아져
온통 상처투성이

그러다 어느 순간
나이를 초월해 원이 되면
상처를 주지도 받지도 않는
그런 날 오지 않을까?

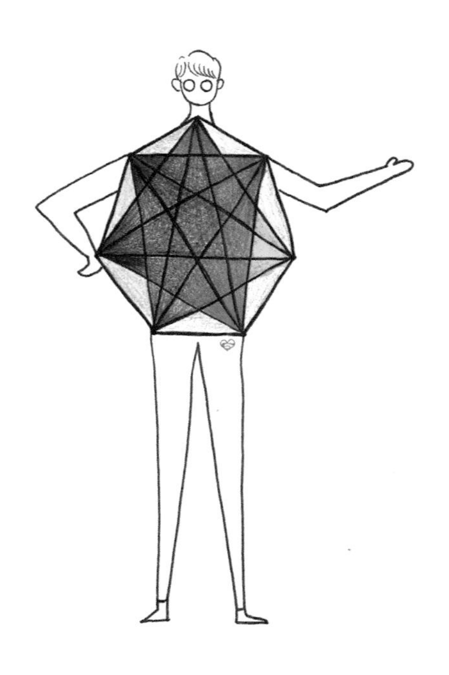

다각형의 대각선

마음의 모양을 하트라고 한다. 여기서는 마음의 모양을 다각형이라 했다. 다각형은 각의 개수를 늘릴수록 내각의 크기가 커져 무뎌지고, 대각선의 개수는 더욱 많아진다.
정확히 맞는 말은 아니지만 다각형의 꼭짓점 개수를 나이에 비유하니, 나이를 먹을수록 유연해져 타인을 배려하지만, 많은 상처를 가슴에 안고 살아간다. 진짜 마음의 모양은 하트가 아닌 다각형인지도 모르겠다.

청혼

아름다운 그대여
나의 내각이 되어주오
내 그대의 외각이 되어
품에 안고 지켜 주리다

믿음직한 당신이여
나의 외각이 되어주오
나 역시 당신의 내각이 되어
든든한 버팀목이 되리다

사랑스런 그대여
나의 내각이 되어주오
내 그대의 부족함을 채워
평각의 편안함을 선사하리다

사랑스런 당신이여
나의 외각이 되어주오
나 역시 당신의 부족함을 채워
평각의 평온함을 선사하리다

다각형의 내각과 외각

내각과 외각은 나란히 붙어 사이가 좋다. 또한 내각의 크기가 커지면 외각의 크기는 줄어 조화를 이루고, 그 합은 늘 180°이다. 사랑하는 사람에게 내각 또는 외각이 되어달라는 것은 항상 곁에 있으며 서로 부족한 부분을 채워 조화롭게 살자는 청혼의 다른 말이다.

우먼파워

세 쌍의 연인이 모이면
맨파워 외각은 360
우먼파워 내각은 180

네 쌍의 연인이 모이면
맨파워 외각은 360
우먼파워 내각은 360

다섯 쌍의 연인이 모이면
맨파워 외각은 360
우먼파워 내각은 540

남자는 많아도
맨파워 외각은 360이지만
여자는 많으면
우먼파워 내각은 180씩 증가한다

다각형의 내각과 외각

여자를 내각, 남자를 외각이라 하면, 남자들은 아무리 모여 봐야 360°, 여자들은 세 명인 경우 180°지만, 네 명은 360°, 다섯 명은 540°로 한 명이 늘 때마다 180°씩 증가한다. 그래서 남자들은 소수 정예가 좋고, 여자들은 힘을 모아 협력하는 것이 좋다.

사랑의 진화

그대 사랑하는 마음
처음엔 삼각형

그댈 감싸는 내각은 180°
속은 좁아 삐치고
겉은 까칠해 상처 주네

그러나
그댈 대하는 외각은 360°
한결같이 사랑이네

그대 사랑하는 마음
지금은 육각형

그댈 감싸는 내각은 720°
속은 넓어 포용하고
겉은 무디어 이해하네

여전히
그댈 대하는 외각은 360°
한결같이 사랑이네

그대 사랑하는 마음

희망은 원

그댈 감싸고 대하는
각조차 느껴지지 않게
무한한 배려에
한결같은 사랑이고 싶네

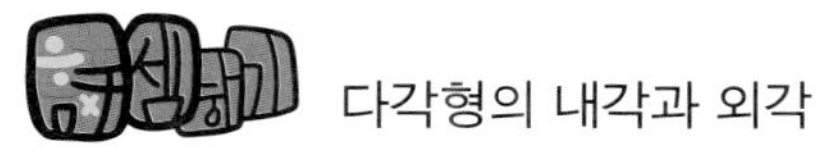

다각형의 내각과 외각

처음 사랑을 시작하는 연인들은 서로 잘 모르는 까닭에 사랑의 감정만 앞세워 삐치기도 하고, 곧잘 상처도 준다. 초보 연인의 마음은 삼각형을 닮았다. 사랑이 무르익은 연인들은 서로 잘 아는 까닭에 사랑도 있지만 포용적이고 편해진다. 그래서 우리는 희망한다. 원처럼 부드러운 배려에 상처 하나 없는 행복이 영원하기를.

그대와 나

그대가 중심각이라면
나는 부채꼴이 되겠습니다
그대의 작은 웃음에도
마음 활짝 웃을 것입니다

그대가 할선이라면
나는 활꼴이 되겠습니다
그대의 작은 아픔에도
허리 숙여 위로할 것입니다

그대가 가는 길이 호라면
나는 현으로 가겠습니다
그대보다 먼저가
그대를 맞이할 것입니다

원은
그대와 나의
작은 세상입니다

원과 부채꼴

반지름의 길이는 사랑의 깊이와 같다. 중심각의 작은 변화에도 반지름이 크면 부채꼴의 변화는 더욱 커진다. 반지름의 길이를 키워보자. 그대의 작은 웃음에도 나는 더욱 활짝 웃게 될 것이다.
할선에선 왠지 아픔이 느껴진다. 할선이 중심에 가까이 갈수록 활꼴은 더욱 허리 숙여 위로한다.
뒤에서 밀어주고, 앞에서 끌어주려면 무척 바쁘다. 등산을 할 때도 어려운 코스가 나오면 뒤에서 밀어주다가 위험하지만 먼저 올라 앞에서 끌어준다.
원 안이 온통 그대와 나의 사랑이고 세상이다.

부채봇

조종석이
중심각인 로봇은
부채꼴입니다

조종사의
생각과 몸짓은
그대로 전달되어
정의를 지켜냅니다

마음이
중심각인 나 역시
부채꼴입니다

마음속 그녀의
기쁨과 슬픔은
그대로 내게 전이되어
눈시울을 적십니다

그래서 나는
그대에겐
로봇입니다
사랑을 따르는 로봇

부채꼴의 넓이와 호의 길이

예전 만화영화「로봇 태권브이」의 머리에 위치한 조종석이 부채꼴과 닮았다. 조종사 훈이가 조종하는 대로 로봇 태권브이가 움직이고, 악의 무리를 무찌른다.
기쁨도 슬픔도 같이 느끼는 걸 보면 로봇은 아니지만 이미 나는 그녀에게 조종당하고 있다. 아니, 어쩌면 우린 서로 조종당하고 있는지도 모른다. 그게 사랑이다.

사랑의 형태

사랑은
어떻게 생겼을까?

첫눈에 반해
한결같이 사랑하는
기둥 같은 사랑

사랑 없이 만나
점점 사랑을 키워가는
뿔 같은 사랑

첫눈에 반해
점점 사랑을 키워가는
뿔대 같은 사랑

첫눈에 반했으나
점점 사랑을 잃어가는
역뿔대 같은 사랑

첫눈에 반했으나
점점 사랑을 잃어 헤어지는
역뿔 같은 사랑

당신은 지금
어떤 사랑을 하고 있나요?

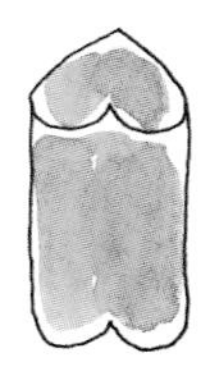 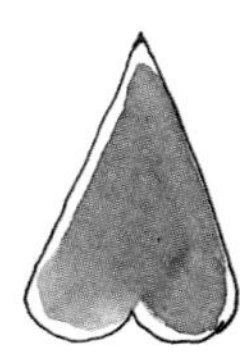 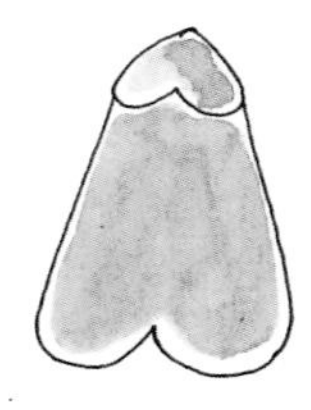 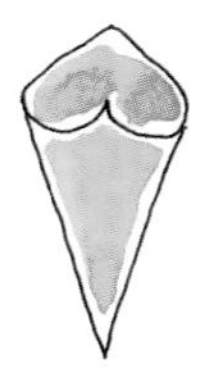 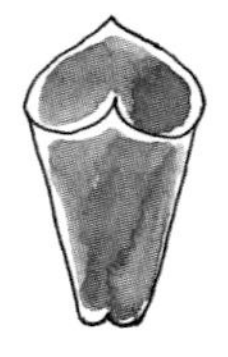

 다면체

사랑은 한순간의 감정보다는 하나둘씩 추억을 쌓으며 만들어가는 과정이다. 그러고 보면 분명 사랑은 수많은 단편을 모은 입체와 같지 않을까? 그 단면은 사랑의 색깔에 따라 다르겠지만 말이다. 보통 우리는 뿔대 같은 사랑을 하는 것 같다. 약간의 호감으로 시작해 만날수록 점점 사랑하게 되는 그런 사랑. 혹자는 뿔대와 역뿔대가 결합된 사랑이 현실적이라고 한다.
당신은 어떤 사랑을 하고 있는가?

플라토닉 러브

불의 열기는
정사면체의 날카로움으로
나의 두뇌를 스친다

물의 형태는
정이십면체의 부드러움으로
나의 마음을 감싼다

흙의 촉감은
정육면체의 딱딱함으로
나의 근육을 키운다

공기의 느낌은
정팔면체의 신비로움으로
나의 오장을 채운다

우주의 여유는
정십이면체의 광활함으로
나의 정신을 자유롭게 한다

정다면체

정다면체를 플라톤 입체라고도 하는데, 딱 5개 밖에 없다. 고대인들은 우주의 기본 요소가 불, 물, 흙, 공기 4가지라 생각했고, 플라톤은 이를 정다면체와 연결하였다. 여기서는 인간과 정다면체를 연결함으로써 인간도 작은 우주임을 보여준다.

플라토닉 러브는 정신적인 사랑을 뜻하지만 플라톤 입체를 설명하느라 붙여진 이름이다. 하지만 글을 쓰고 나니 정다면체에 대한 사랑은 상상할 수 없는 우주에 대한 사랑에서, 우주를 닮은 인간에 대한 사랑으로 이어져, 바로 정신적인 사랑, 플라토닉 러브이다.

사랑 만들기

단면의 반쪽이 회전하면
회전체가 된다

직사각형을 회전하면
원기둥이 되고
직각삼각형의 회전하면
원뿔이 되며
반원을 회전하면
구가 된다

내 사랑의 단편을 회전하면
우리 사랑이 될까?

회전체

직사각형을 회전하면 원기둥이 됨을 안다. 하지만 자세히 살펴보면 원기둥이 쉽게 되는 것은 아니다. 회전해 원기둥을 만든다는 것은 직사각형을 무한히 쌓는 과정이다.
우리 사랑을 만드는 것도 내 사랑의 단편을 단순히 회전시켜 만드는 것이 아니라 무수히 많은 사랑의 단편을 모아야 만들어짐을 기억해야 한다.

한결같은 사랑

그대를 처음 본 후
한결같은 사랑이다

문득 그 사랑
부피가 궁금해진다

첫날의 사랑에
다음 날의 사랑을 더하고
또 다음 날의 사랑을 더하고
계속 다음 날의 사랑을 더한다

바보
한결같은 사랑이라
첫날의 사랑에
우리 만난 날
곱하면 되는데

한결같은 사랑
글쎄
기둥의 부피와 같다

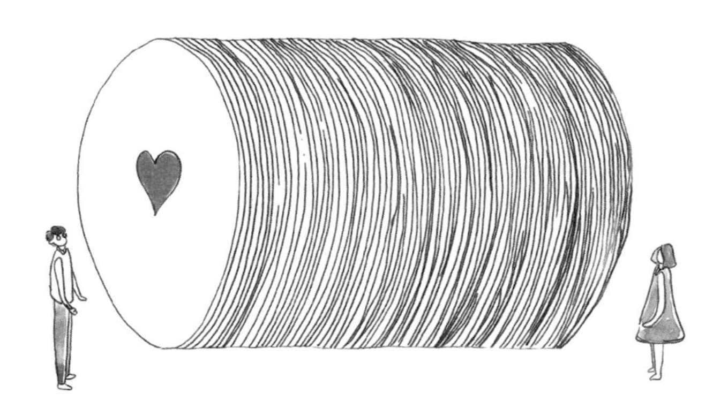

기둥의 겉넓이와 부피

한결같다는 것은 처음부터 끝까지 변함이 없이 같다는 것이다. 한결같대서 기둥처럼 사랑의 부피를 구하려 했더니 첫날 사랑의 크기를 잴 수가 없다. 그 사랑 잴 수 있는 자가 이 세상에 없어서.

11
10
12
4
25
1
3
20
2
6
5
7
16
9
8

VI. 통계

그대 가득한 통계

사랑이 피는 나무

나무에
그대 생각 걸었더니
줄기마다
그대 그리운 잎들
온 가득 돋았어요

나무에
우리 만남 걸었더니
줄기마다
우리 행복한 잎들
온 가득 돋았어요

나무에
우리 미움 걸었더니
줄기는 간데없고
쓸쓸한 나무만
덩그러니 남았네요

줄기와 잎이 말을 건네요
우리에게 미움은 없고
행복만 가득하다고

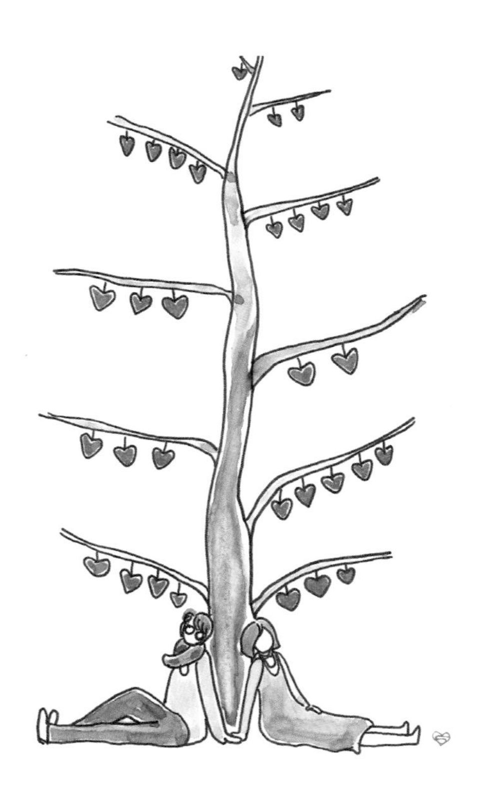

줄기와 잎 그림

줄기와 잎 그림은 자료의 분포상태를 쉽게 알 수 있는 좋은 도구이다. 매일 그대 생각에, 매일 우리 만남에, 횟수가 늘어갈수록 잎의 개수가 늘어간다. 하지만 미움은 줄기도 잎도 하나 없다. 이 사랑이 피는 나무 그늘에서 늘 그대와 함께이고 싶다.

선택

우리
미워했던 시간
줄기와 잎 그림으로
나타낼 필요 없어요

몇 되지 않는 탓에
미워했던 시간
그냥
나열해도 되지요

우리
좋아했던 시간
줄기와 잎 그림으로
나타낼 수 없어요

너무 많은 탓에
좋아했던 시간
도수분포표로
나타내지요

도수분포표

자료의 개수가 몇 개 되지 않을 때는 자료의 정리가 별 의미 없다. 줄기와 잎 그림은 그 자체로 분포 상태와 자료 값을 바로 알 수 있는 장점이 있지만 자료의 개수만큼 써야 하니 자료의 개수가 30개 내외라면 쓸만하다. 하지만 자료의 개수가 많아질수록 불편해진다. 이런 경우, 정확도는 다소 떨어지지만, 도수분포표로 표현하는 것이 좋다.

그대 생각

눈을 크게 떠 보세요
그대 생각의 히스토그램은
들쑥날쑥 갈피를 못 잡는
도시의 빌딩 숲을 닮았습니다

눈을 가늘게 떠 보세요
히스토그램은 어느새
도수분포다각형으로
아름다운 스카이라인을 그립니다

눈을 조용히 감아 보세요
요동치던 그대 생각은
부드러운 곡선으로 바뀌어
나의 마음을 감싸 돕니다

히스토그램과 도수분포다각형

온종일 그대 생각이 머릿속을 떠나지 않았다. 눈을 크게 뜨고 이성적으로 생각하면 히스토그램처럼 선명하게 보이지만, 눈을 가늘게 뜨고 감성적으로 생각하면 도수분포다각형처럼 아름답게 보인다. 하지만 눈을 감고 모든 생각을 버리면 어느새 부드러운 곡선으로 다가와 나의 마음을 어루만진다.

올인

그댈 향한
나의 마음
늘
상대도수
1입니다

그 도수
알 순 없으나
나의 전부겠지요

그대에게
올인

상대도수

돈 많은 사람은 사랑하는 사람과 맛있는 것도 먹고, 멋진 곳으로 여행도 가고, 비싼 선물도 한다. 돈 없는 사람은 맛있는 것도, 멋진 곳으로의 여행도, 비싼 선물도 못 할 수 있지만, 사랑하는 마음의 크기가 작다고 말할 수 없다.
사랑의 크기는 도수로 결정하는 것이 아니라 상대도수로 결정하기 때문이다. 내 사랑의 상대도수는 1이다. 다시 한 번 그대에게 올인.

정리하는 일

자료를 정리하는 것과
사랑을 정리하는 것은
다르다

자료를 정리하면
할 일이 생기지만
사랑을 정리하면
할 일이 없어진다

자료를 정리하면
분포를 쉽게 알지만
사랑을 정리하면
맛집을 알 필요 없다

자료를 정리하면
미래 예측이 가능하지만
사랑을 정리하면
미래가 없는 것처럼 보인다

자료를 정리하는 것과
사랑을 정리하는 것은
정말 다르다

실생활 자료의 정리와 해석

정리한다는 것은 불필요한 것을 줄이거나 없애 깔끔하게 만드는 것이다. 자료를 정리하는 것은 자료가 방대해 알아보기 쉽게 만드는 것이고, 사랑을 정리하는 것은 하나의 사랑을 끝내는 것이다.
자료를 표나 그래프로 정리하면 흐름을 읽을 수 있고, 이를 통해 미래를 예측할 수 있다. 사랑을 정리하면 마음이 공허하고, 갈 곳이 없으며 미래가 없는 것처럼 행동한다.
그래서 나는 사랑을 정리할 수 없다.

도니체티 오페라 '사랑의 묘약'
그 묘약은 싸구려 포도주였지만
결국 사랑은 이루어진다.

동명의 이 수학시에는
싸구려 포도주가 아닌
진짜 '사랑의 묘약'이 있다.

값을 매기진 않았으니 맘껏 드셔보시길…